GUÍA DE LECTURA

Escrita por Nathalie Roland
Traducida por Clara Raposo Romero

Las Hormigas

de Bernard Werber

BERNARD WERBER

- **Nacido en 1961 en Toulouse (Francia)**
- **Algunas de sus obras:**
    - *Las Hormigas* (1991), novela
    - *El padre de nuestros padres* (1998), novela
    - *Tercera humanidad* (2012), novela

Bernard Werber nació en 1961 y realizó estudios de criminología y de periodismo. Tras comenzar sus estudios de periodismo científico, se lanza a la escritura de novelas que mezclan mitología, espiritualidad, filosofía y ciencia. Su primer libro, *Las Hormigas*, se publicó en 1991. A través de sus novelas, Werber explora mundos imaginarios y un tema universal: el hombre. Se interesa por ejemplo en la reacción ante la muerte en *Los tanatonautas* (1994) o en la hipótesis de convertirse en Dios (*Nosotros, los dioses*, 2004). Sus libros exploran diferentes géneros: la novela policíaca (*El padre de nuestros padres*, 1998), lo maravilloso (*El imperio de los ángeles*, 2000), la ciencia ficción (*El último secreto*, 2001), y el relato corto (*El árbol de los posibles*, 2002), etc.

LAS HORMIGAS

UNA NOVELA REPLETA DE SUSPENSE

- **Género**: novela
- **Edición de referencia:** Werber, Bernard. 1997. *Las Hormigas*. Traducido por Manuel María Escrivá de Romaní. Barcelona: Círculo de Lectores
- **Primera edición:** 1991
- **Temas principales**: comunicación, investigación, desaparición de una comunidad, ecología, ciencia ficción.

Las Hormigas, publicada en 1991, es el primer tomo de la trilogía consagrada a las hormigas, de la que forman parte también *El día de las Hormigas* (1992) y *La revolución de las Hormigas* (1995). El autor nos cuenta las aventuras de Jonathan Wells, sobrino del entomólogo (especialista en insectos) Edmon Wells, que ha conseguido comunicarse con las hormigas. El libro invita al lector a llevar a cabo la investigación de una serie de desapariciones misteriosas siguiendo el día a día de un hormiguero llamado Bel-o-kan, descubriendo las investigaciones del profesor Wells y reflexionando sobre el lugar del hombre al estilo de los cuentos filosóficos. Esta novela de éxito internacional ha sido adaptada al cómic en el año 2000.

RESUMEN

La novela de Bernard Werber mezcla continuamente capítulos en los que se habla de las hormigas y capítulos donde los protagonistas son los hombres. Además, la narración se ve interrumpida frecuentemente por diferentes artículos extraídos de *La Enciclopedia del saber relativo y absoluto* del entomólogo Edmond Wells. Para hacer que el resumen sea lo más claro posible, se han agrupado los capítulos de las hormigas por un lado y los capítulos de los hombres por otro. En la tercera parte, el lector asistirá al encuentro de estos dos mundos.

EN EL MUNDO DE LOS HUMANOS

Jonathan es un joven introvertido que acaba de heredar el apartamento de su tío Edmond. Se muda allí con su mujer Lucie, su hijo Nicolas y su perro Ouarzazate. Gracias a una carta escrita por su tío, se entera de que no debe «ir nunca a la bodega» (Werber 1997, 20). Pero al ver que su perro ha desaparecido, Jonathan decide saltarse las normas y bajar a la bodega de la que saldrá ocho horas después con el cuerpo de Ouarzazate, que ha sido devorado por las ratas. Desde ese momento, se siente intrigado por este lugar y decide volver varias veces hasta que desaparece: «Es mi lanzamiento, mi camino» (Werber 1997, 63).

Como su marido no vuelve, Lucie entra también en la bodega para buscarlo. Las horas pasan y como nadie sube, Nicolas llama a la policía. El inspector Galin y los bomberos comienzan a buscar a sus padres y desaparecen ellos también.

Entonces, envían a Nicolas a un orfanato del que acabará huyendo. Vuelve a su casa, baja a la bodega y desaparece.

Informan a la directora de la policía judicial, Solange Doumeng, de estas desapariciones y critica violentamente al comisario Bilsheim, responsable del asunto, por su ineficacia. Acompañado de otros agentes, este decide entonces examinar la bodega, pero de nuevo todos desaparecen. Finalmente, Solange decide cercar la habitación.

Teniendo en cuenta los deseos de su hijo, Augusta, la abuela de Jonathan, se muda a la casa de su hijo e invita al profesor Leduc para que lleve a cabo la investigación. El profesor Leduc baja a la bodega y vuelve veinticuatro horas más tarde sin haber encontrado nada que les ayude a resolver el misterio.

EN EL MUNDO DE LAS HORMIGAS

Las hormigas rojas de Bel-o-kan terminan el período de hibernación. La hormiga macho 327 es reclutada junto con otras compañeras para llevar a cabo una expedición. A la vuelta, todas mueren salvo la 327. Esta piensa que han sufrido un ataque por parte de las hormigas enanas de Shi-gae-pou, que cuentan con un arma secreta.

El macho 327 alerta al hormiguero, pero nadie se lo toma en serio, ni siquiera la reina Belo-kiu-kiuni. La situación tampoco mejora mucho para él: dos hormigas lo persiguen, pero consigue escaparse a pesar de todo. Después de todo esto, consigue convencer a una hembra, 56, de que hay un peligro que amenaza al hormiguero. Con la ayuda de una guerrera, la infértil 103 683, se dan cuenta de que unos espías con aroma de roca se están escondiendo entre las hormigas. Rápidamente, las hormigas enemigas vuelven a perseguir al grupo. Más tarde, nuestro protagonista descubrirá que los soldados reunidos por 103 683 han sido asesinados.

La búsqueda queda interrumpida momentáneamente porque las hormigas enanas han atacado a una cría. Por tanto, se declara la guerra. El combate despiadado se salda con un gran número de pérdidas, pero liberan a la cría.

Poco después, las hormigas fértiles tienen que reproducirse. La 56 descubre que las hormigas con aroma de roca han asesinado a 327 e interroga a las dos asesinas. Son «soldados antiestrés negativo» que defienden la unidad grupal, enviadas por la reina Belo-kiu-kiuni para garantizar la supervivencia del hormiguero. Entonces, 56 decide reproducirse fuera y afrontar los peligros del mundo exterior. Funda su propia colonia, Chli-pou-kan, e inventa un nombre para su nuevo estatus de reina: Chli-pou-ni. Poco a poco, la ciudad va agrandándose y la reina quiere convertirla en «un polo vanguardista» (Werber 1997, 263), pero las hormigas esclavistas atacan a Chli-pou-kan. Por tanto, la reina decide enviara Bel-o-kan a su mejor guerrero, 801.

Por su parte, 103 683 continúa su investigación sobre el arma secreta. Una vieja hormiga, 400, le informa de que las termitas saben algo al respecto. Juntas interrogan a la reina de las termitas que les revela que «extraños animales, muy rápidos y feroces [han aparecido y son] los guardianes del fin del mundo. Están armados con placas negras que pueden aplastar cualquier cosa. Y ahora utilizan también «gas venenoso» (Werber 1997, 253). 103 683 y 400 deciden por tanto marcharse a descubrir el fin del mundo. Cuando llegan al fin del mundo, descubren una «tierra maldita» (Werber 1997, 289).

Al darse cuenta de que es imposible crear colonias más allá, 103 683 decide formar parte de la federación y se marcha a la ciudad de Chli-pou-ni. En Bel-o-kan, la reina ha mandado asesinar a todos los emisarios de Chli-pou-ni, pero 801 descubre una ciudad subterránea y consigue volver a su ciudad.

LOS DOS MUNDOS SE ENCUENTRAN

En el mundo de los hombres, Augusta ha conseguido resolver el enigma de Edmond Wells. Junto a Jason Bragel, el tío de Jonathan, y al profesor Rosenfeld, inspeccionan la bodega y tras subir por unas escaleras, llegan a un templo donde Jonathan los acoge. Les explica que son capaces de comunicarse con las hormigas gracias a un invento del tío Edmond: una réplica de una hormiga.

En el mundo de las hormigas, Belo-kiu-kiuni recuerda su encuentro con los humanos. Como estaba interesada en saber más sobre su tecnología, había decidido llevar a cabo un encuentro secreto.

Dos niños incendian el hormiguero causando la muerte de la reina. Chli-pou-ni es, por tanto, la nueva reina de todas las hormigas. Pero como no comprende por qué los humanos han matado a la antigua reina, corta toda comunicación con ellos.

ESTUDIO DE LOS PERSONAJES

LOS HUMANOS

Edmon Wells

Este personaje, fallecido, sólo aparece a través de los testimonios de los otros protagonistas. Es un científico «generalista» (Werber 1997, 33) que quiere comprenderlo todo, sobre todo los mecanismos más fundamentales (relojes, bacterias, etc.). Es un personaje que destaca desde la infancia y que no se conforma fácilmente ante las reglas y ante la autoridad: en el colegio, se esfuerza únicamente en las asignaturas que le interesan y, más tarde, no aguanta a sus jefes. Independiente y solitario, incluso misántropo, no quiere formar parte de un sistema y afirma que «Hay que pensar de forma diferente, si se piensa como de costumbre no se consigue nada» (Werber 1997, 17).

Fascinado por las hormigas («¿Qué hay que sea más hermoso que una hormiga?», Werber 1997, 110), consigue desarrollar un sistema para comunicarse con ellas. Pero mantiene este descubrimiento en secreto porque considera que sólo los valientes y los que vayan a ser iniciados pueden acceder al saber.

Jonathan Wells

El sobrino de Edmond es un cerrajero desempleado y se presenta como un personaje «cobarde» (Werber 1997, 42). Es el antihéroe con el que el público se identifica fácilmente. Su carácter introvertido le hace escuchar mejor a los demás, pero es poco hablador. El descubrimiento de la bodega lo transforma profundamente: visita tras visita, se encierra en sí mismo y se olvida de su familia, hasta que desaparece. Pero cuando reaparece al final de la novela, es un hombre totalmente nuevo que ha encontrado un equilibrio en el seno de una comunidad.

Augusta Wells

Es la madre de Edmond y la abuela de Jonathan. Adepta a la verbena, vive su vida en el pasado desde la muerte de sus hijos. Aunque es bondadosa, es indiferente ante lo que pasa en el mundo. Ella es la que prohíbe a Jonathan que baje a la bodega. Se deja guiar por su instinto y, con la ayuda sobre todo del profesor Leduc, consigue desentrañar los misterios de la bodega, ayudados también por Jason y Daniel.

Lucie Wells

La mujer de Jonathan y madre de Nicolas se desvive por su familia. Es paciente y no duda en tomar las riendas del asunto para hacer entrar en razón a Jonathan, aunque sin éxito. Es una mujer de acción: también baja a la bodega completamente decidida a encontrar a su marido, pero acaba desapareciendo como los otros.

Nicolas Wells

El hijo de Jonathan y Lucie es un apasionado de los extraterrestres y sueña con vivir aventuras de todo tipo. Nicolas, desolado por la muerte de su perro Ouarzazate (devorado por las ratas del sótano) y nervioso por las peleas entre sus padres, siente que nadie lo comprende. Las excursiones de su padre a la bodega no ayudan nada ya que Nicolas se refugia aún más en el mundo de su imaginación. Le internan en un orfanato tras la desaparición de sus padres, pero afronta la situación con valentía y en busca de sus padres desaparece él también.

El profesor Leduc

Este científico estudia el comportamiento de las hormigas. Su propósito es el que tiene Edmond: él «quiere transformar a la Humanidad copiando desde un cierto ángulo las costumbres de los animales» (Werber 1997, 320). Desde esta óptica, está dispuesto a hacer cualquier cosa para robar las investigaciones de su compañero. Él es por tanto, el adversario en esta historia. De hecho, el no ser capaz de resolver el enigma lo vuelve menos digno aún de conocer la verdad.

Jason Bragel y Daniel Rosenfeld

Jason es el mejor amigo de Edmond y ha investigado sobre las bacterias, mientras que Daniel es un viejo entomólogo «sonriente» y «voluble» (Werber 1997, 78). Cuenta con gran alegría las aventuras que ha vivido con Edmond en África cuando estudiaban las hormigas magnas. Los dos personajes desempeñan el papel de ayudantes porque guían a Augusta en la resolución del misterio de la bodega y en la búsqueda de los suyos.

El comisario Bilsheim y el inspector Galin

Esta pareja de policías siempre se encarga de los «casos especiales» (Werber 1997, 134). El comisario demuestra sensibilidad y se muestra comprensivo. El inspector es particularmente entusiasta, hasta tal punto que parece un depravado a ojos de su jefe ya que cuanto más extraños son los hechos, más le gustan.

Solange Doumeng

Es la directora de la policía judicial, poco estimada por sus subalternos, y desea infundir temor. La investigación no conduce a ninguna parte debido a su incompetencia y varias personas desaparecen sin que eso la preocupe. Ella sólo ve en este asunto consecuencias negativas para su carrera y ordena que la bodega sea condenada.

LAS HORMIGAS

327

Se trata de una hormiga macho reproductora. Durante el relato ejerce varias funciones: despierta a las otras hormigas, repara el hormiguero y participa en la caza. Como está conmocionado por la brutal muerte de sus congéneres durante la expedición, está dispuesto a todo para aclarar el misterio y alertar del peligro que se cierne sobre la ciudad. Sin embargo, su voluntad de imponer su opinión a todos y contra todos le costará la muerte: en el hormiguero sólo cuenta la colectividad.

56

Esta hormiga hembra, joven y virgen, es la primera que cree a 327: acude en su ayuda proporcionándole feromonas pasaporte y después llevando a cabo la investigación junto a él. Como las otras hormigas reproductoras, no conoce nada del mundo exterior, pero alberga una gran curiosidad al respecto. Es valiente, no duda en destruir los tabús y luchar por su supervivencia después de haber sido fecundada. Como reina (se llama a sí misma Chli-pou-ni) de una nueva ciudad, da muestras de audacia en la organización de su hormiguero. Es testaruda, no cejará en su empeño de resolver el misterio. Cuando destruyen su ciudad natal, se vuelve la nueva Belo-kiu-kiuni y corta toda relación con los humanos.

103 683

Esta hormiga soldado asexual lleva a cabo junto con 327 y 56 la investigación sobre las hormigas con aroma de roca y reúne a un grupo de guerreras dispuestas a ayudarles. Tras la separación de estas tres hormigas, sigue dirigiendo la investigación, pero con el tiempo se hace exploradora en busca del fin del mundo. Supera todos los obstáculos (termitero, caracoles, etc.) con la ayuda de la hormiga 400, una vieja guerrera enferma. Frente al otro universo (una carretera y un campo de golf), acaba renunciando a su propósito: «No hay ninguna posibilidad de crear una población en un universo tan grotesco» (Werber 1997, 300), y vuelve a casa para revelarle a los suyos lo que ha visto.

Belo-kiu-kiuni

Es la reina de Bel-o-kan y madre de todas las hormigas. Piensa antes que nada en los aspectos prácticos del hormiguero, tanto en lo que concierne a su construcción como a las tareas. La comunidad y el pragmatismo son sus dos mayores preocupaciones, lo que le lleva a eliminar todo aquello que pudiera perjudicar a la ciudad, como por ejemplo, el estrés.

Con tal fin establece un sistema de regulación del estrés por medio de las hormigas con aroma de roca. Estas tienen como cometido proteger un secreto: la comunicación con los humanos. La reina se interesa por la tecnología humana y se puede ver en ella una especie de sabia alimentada por su larga experiencia.

CLAVES DE LECTURA

UNA NOVELA DE MÚLTIPLES GÉNEROS

Las Hormigas es un encuentro de diferentes géneros. La novela es al mismo tiempo:

* un *thriller*. Todo el relato está marcado por una tensión (¿qué les pasará a los personajes?) que puede conducir al miedo. El autor utiliza del mismo modo algunas técnicas para acelerar el ritmo de la historia;
* un cuento filosófico. Bernard Werber utiliza las aventuras del héroe (las hormigas, en este caso) como pretexto para dar rienda suelta a sus ideas sobre política, moralidad, filosofía y ecología;
* una obra de ciencia ficción. La novela de Werber no está inmersa en una época específica ni tampoco corresponde a nuestra realidad ni a nuestras tecnologías. Se trata de un relato de anticipación basado en hechos verosímiles: un encuentro de un género nuevo entre hombres y animales. De hecho, el apellido «Wells» recuerda a uno de los padres de la ciencia ficción: Herbert George Wells (escritor inglés, 1866-1946);
* una obra fantástica. Dos elementos sobrenaturales intervienen en este relato realista: por un lado, los acontecimientos incomprensibles tienen lugar en la bodega y en la «tierra maldita» (Werber 1997, 289), y por otro, el autor ha incluido criaturas animales que parecen monstruos;
* una novela policíaca. Las hormigas 327, 57 y 103 683 conducen al lector a través de las investigaciones de varios crímenes para desenmascarar al o a los culpables (las

hormigas con aroma a roca y Belo-kiu-kiuni). Esta investigación es un eco de la que se lleva a cabo en el mundo de los humanos tras las numerosas desapariciones que precisan de la intervención de la policía;

• un estudio científico. La descripción de las hormigas, de su modo de vida y de su comportamiento, así como el empleo de términos y de datos científicos, exhiben el conocimiento y las investigaciones que el autor ha llevado a cabo y ha adaptado para sus lectores.

Por otro lado, la novela hace referencia:

• al esoterismo, a la espiritualidad y a lo místico. En el trayecto hacia el laboratorio secreto de Edmond, los visitantes encuentran varios textos. El primero de ellos hace referencia a la alquimia (ciencia oculta que principalmente trata de transformar ciertos metales en elixires para alargar la vida). El segundo es un fragmento de un texto sobre el alma del escritor griego Plutarco (c. 50–c. 125) y el tercero un pasaje del libro atribuido a Enoc, bisabuelo de Noé, que sólo la Iglesia ortodoxa de Etiopía lo incluye como texto en el *Antiguo Testamento*;

• a la epopeya. Como lo expresa el título del capítulo 3, «Tres odiseas» (que nos remite a Homero, autor de la *Odisea* que cuenta las aventuras de Ulises), la historia consiste en seguir el recorrido y las hazañas de los héroes, las hormigas, especialmente en las escenas de batalla;

• a la utopía. Werber nos presenta la ciudad de las hormigas como un modelo ideal y la describe con los rasgos propios de las ciudades utópicas: la economía es sólo agrícola (la cultura de los champiñones), reina la regularidad (el hormiguero está organizado por plantas y por funciones), todo el mundo tiene que trabajar, el tiempo está congelado y el pasado parece lejano, la ciudad está encuadrada en un cierto dirigismo y no hay lugar para el individualismo y las elecciones personales (la aventura de 327 y de 57 con respecto a las hormigas con aroma a roca).

EL ESTILO DE BERNARD WERBER

El narrador es omnisciente y omnipresente. Aparece como un dios que todo lo ve y que elige darnos únicamente la información que él desea.

A lo largo de la historia, el autor siembra el misterio y el suspense y ello gracias a diferentes medios:

- nos hace seguir dos historias paralelas, narradas en formato de secuencias cortas, que se alternan en los momentos más críticos. Asimismo, artículos de *La Enciclopedia del saber relativo y absoluto* de Edmond Wells interrumpen las historias;
- acelera el ritmo utilizando frases cortas, disminuyendo el tamaño de los capítulos o acumulándolos («Confusión, golpes», «Presa, contrapresa», Werber 1997, 156);
- siembra la duda descomponiendo ciertas acciones como el incendio;
- recurre a la analepsia (vuelta atrás en el tiempo) que origina una noción del tiempo confusa;
- elimina personajes que puedan darnos respuestas (327, Jonathan, etc.);
- utiliza comienzos de secuencias que atraen al lector.

Finalmente, con el fin de adentrarnos en este mundo realista, pero no real, Werber utiliza una *mise an abyme*: nos hace pensar que la cita de Edmond Wells en la primera página es real cuando en realidad proviene de un personaje de la novela.

LUGARES REALES Y SIMBÓLICOS

El simbolismo se hace muy patente en varios lugares como:

- la bodega. Primero aparece como un lugar prohibido («SOBRE TODO NO IR NUNCA A LA BODEGA» Werber 1997, 20) y la transgresión de esta prohibición tiene consecuencias nefastas: la muerte del perro y la desaparición después de muchas personas. Es también un lugar inquietante «También yo tenía miedo. [...] Todo el mundo se hubiese detenido [...]. Es tan sombrío, es la muerte» (Werber 1997, 62), afirma Jonathan tras su primera visita.
- es además un lugar protegido por muchos dispositivos de seguridad creados por Jonathan e imaginados por Edmond Wells. Sirven para poner a prueba el valor de aquellos que se aventuran con un objetivo preciso y sólo pueden entrar aquellos que sean dignos de descubrir el secreto de Edmond Wells. La bodega se vuelve, por tanto, un espacio de iniciación donde hay que superar obstáculos físicos y enfrentarse a los propios miedos.
- es también un lugar cargado de historia ya que nos cuenta que sirvió como refugio para protestantes del sigo XVII, perseguidos por sus creencias.
- la arquitectura de este lugar evoca el surgimiento de la vida: basta con mencionar la escalera de caraco. «como

una hélice de ADN» (Werber 1997, 143) y el cono que alude al parto.

- los hormigueros de Bel-o-kan y Chli-pou-kan se describen primero como si fueran ciudades humanas. En los dos casos, se tratan de lugares de trabajo y de vida extremadamente organizados y construidos de manera práctica, o moderna incluso (el sistema de transporte del agua en Chli-pou-kan). Sin embargo, Bel-o-kan juega un papel especial: es la ciudad madre, la ciudad «más grande de la región»2. Su centro vital es la Ciudad Prohibida, alusión directa a la ciudad imperial de Pekín (el palacio donde residía el emperador de China y su familia y de entrada prohibida para los ciudadanos). Del mismo modo, en el mundo de las hormigas, este lugar es la sede del poder, sumamente custodiado y protegido por las puertas que difícilmente se pueden franquear. Además, su arquitectura es extraordinaria. El hormiguero constituye asimismo un lugar de encuentro entre humanos y hormigas.
- el bosque. Bel-o-kan se sitúa en el bosque de Fontainebleau. Al igual que en los cuentos, aparece como un lugar peligroso donde reinan los depredadores (la trucha, la araña, etc.). Es también un mundo misterioso que el lector debe descubrir porque conocerá los hechos desde otra perspectiva, y las hormigas, que intentan llegar al fin del mundo.

UNA REFLEXIÓN SOBRE EL LUGAR Y EL COMPORTAMIENTO DEL HOMBRE

En su novela, Bernard Werber compara a los hombres con

las hormigas. Antes incluso de comenzar el libro, el artículo de Edmond Wells demuestra que estos dos grupos son sociedades que se parecen: comparar a las hormigas con los hombres nos permite, por tanto, aprender un poco más sobre nosotros mismos.

De la novela se desprende ante todo un mensaje ecológico. En efecto, leyendo las aventuras sobre las hormigas, comprendemos en qué medida el hombre puede tener efectos devastadores en el mundo, y especialmente en las hormigas. Del mismo modo se evoca el desajuste climático y sus consecuencias en la fauna y la flora.

Además, al evocar los sistemas políticos en el mundo de las hormigas —la realeza (Bel-o-kan e Chli-pou-kan), y los regímenes totalitarios (les hormigas esclavstas)—, Werber conduce al lector a reflexionar sobre la política, pero igualmente sobre la sociedad, y en particular sobre los valores morales que la sociedad conlleva. Nos muestra particularmente que «los seres humanos son, en efecto, una de las pocas especies capaces de abandonar o maltratar a su progenie» (Werber 1997, 164).

Finalmente, el hecho de bajar a la bodega y la incomprensión de las hormigas de fenómenos que escapan a su entendimiento, nos lleva a interrogarnos sobre nuestro lugar en la Tierra y más allá. Edmond Wells se pregunta: «¿Y si nosotros también estuviésemos instalados en un acuario-prisión, vigilados por otra especie de gigantes?» (Werber 1997, 178).

PISTAS PARA LA REFLEXIÓN

ALGUNAS PREGUNTAS PARA PROFUNDIZAR EN SU REFLEXIÓN...

- Según Bernard Werber, ¿el destino de las hormigas es más deseable que el de los humanos?
- Estudie la noción de lo divino en la novela.
- ¿En qué medida *Las Hormigas* es una novela representativa de la obra general de Bernard Werber?
- ¿Por qué se introducen artículos de *La Enciclopedia del saber relativo y absoluto* de Edmond Wells en la novela?
- La divisa de Edmond Wells «Hay que pensar de forma diferente, si se piensa como de costumbre no se consigue nada» (Werber 1997, 17) es un buen resumen de la obra. ¿Por qué?
- Cree una tabla que muestre la evolución paralela de las historias y los personajes.
- ¿Por qué Bernard Werber ha elegido hormigas heroínas en esta novela? ¿Qué consecuencias tiene esta decisión? ¿Qué papel desempeñan los animales en la literatura?
- ¿Qué visión de la muerte nos ofrece Bernard Werber en su obra? ¿Se trata de una concepción religiosa?
- En su opinión, ¿«el futuro pertenece a los especialistas» (Werber 1997, 37)?

PARA IR MÁS ALLÁ

EDICIÓN DE REFERENCIA

- Werber, Bernard. 1997. *Las Hormigas*. Traducido por Manuel María Escrivá de Romaní. Barcelona: Círculo de Lectores.

ESTUDIOS DE REFERENCIA

- Martinetti, Anne. 2009. *Bernard Werber, le roi des fourmis*. París: Éditions Gutenberg.
- Millet, Gilbert. 2007. *Étude sur Les Fourmis de Bernard Werber*. París: Ellipses, colección *Résonnances*.